方超诗选500首

韩方超　著

中国文联出版社
http://www.clapnet.cn

图书在版编目（CIP）数据

方超诗选500首 / 韩方超著. -- 北京 : 中国文联出版社, 2018.8

ISBN 978-7-5190-3853-3

Ⅰ. ①方… Ⅱ. ①韩… Ⅲ. ①诗集－中国－当代

Ⅳ. ①I227

中国版本图书馆CIP数据核字(2018)第188906号

方超诗选500首

作　　者：韩方超

出 版 人：朱　庆

终 审 人：陈宝光　　复 审 人：郭　锋

责任编辑：刘　旭　　责任校对：傅泉泽

封面设计：薛红冉　　责任印制：陈　晨

出版发行：中国文联出版社

地　　址：北京市朝阳区农展馆南里10号，100125

电　　话：010-85923043（咨询）85923000（编务）85923020（邮购）

传　　真：010-85923000（总编室），010-85923020（发行部）

网　　址：http://www.clapnet.cn　　http://www.claplus.cn

E - mail：clap@clapnet.cn　　liux@clapnet.cn

印　　刷：郑州创维彩印制作有限公司

装　　订：郑州创维彩印制作有限公司

法律顾问：北京市德鸿律师事务所王振勇律师

本书如有破损、缺页、装订错误，请与本社联系调换

开　　本：880 × 1230　　1/32

字　　数：160千字　　印 张：8

版　　次：2018年8月第1版　　印 次：2018年8月第1次印刷

书　　号：ISBN 978-7-5190-3853-3

定　　价：30.00元

序·诗家本色好天然

两年前，经周传家兄介绍得识徐州韩方超先生，几次见面，把酒对言，相谈甚欢，先生话语之中，说得最多的就是："我是农民，就一个大老粗！"每听这句话，我则如实回答："我是农民的儿子！"也许因此才得以畅谈。观方超先生一生经历，可知先生性格中固有农民本色，诚实忠厚，坦荡质朴，但是更重要的是先生身上带有浓郁的乡贤文化气质，同时还有一种创新精神，这是中国传统农村养育出来的一种独有的气质，面对现实，脚踏实地，不忘生活的本质，扎实前行。无论生活赋予什么，都能直面，不好高骛远。当今社会，也许缺少的正是这样一种"传统的中国农民精神"。

最近，韩方超先生将其一生所作诗的一部分发来，要在出版社出版，命我为序，顿感诚惶诚恐：一则作为"北狄"，自己连入声字都分不清楚，根本就不懂诗，"无知不能无畏"；二则韩先生长我 10 多岁，年过古稀，何敢为之作序妄加评论？三则冗务缠身，没有时间仔细读书，更谈不上品味诗词。

故三番五次推辞，无奈韩先生执意要求，传家兄紧敲边鼓，如再不应允，恐有不恭之嫌，只好勉为其难。于是仔细拜读一遍，颇受感动，获益匪浅，还真有些感想，列举出来，聊作序言。

诗言志，歌咏言，言为心声。最好的诗词，一定是发自内心的真情实感，韩先生的诗作，无论咏史、抒情、状物，都是以一个“农民”的眼光观察，道出一个传统文化底蕴深厚的知识农民的心声，真实可感，具有感染力，既不穿靴戴帽，又不无病呻吟，往往直抒胸臆，刻画描写的是自己对生活、对家乡、对家庭、对社会的点滴感受，形象而且生动，细致而且熨帖。如《忆昔》：“荷塘柳荫看鸣蛙，溪流水清数鱼虾。如今高楼接霄汉，难觅桑麻儿时家。”用细致的景色描写，展现出了农村生活翻天覆地的变化，道出了作者对儿时熟悉的生活的深深怀念和依恋。再如《小园》：“虽无文章惊海内，园有清潭招飞鸿。白云穿窗驰野马，青藤缠竹跃蛟龙。”是自家景物的真实描写，更是夫子自道，透露出主人的胸襟。《雪中西湖》：“大雪飘飘漫杭城，湖天一色不分明。偶有喜鹊啄梅花，乌篷烹茶炉火红。”为纪游诗，描绘西湖雪景，自有独到眼光，朴实可爱。《逢故人》：“故人相逢话语长，酒家楼上漫举觞。点点珠泪说思念，条条皱纹记沧桑。寒窗两次囍映面，今日儿孙俱成行。共忆争说当年事，凉了糖醋鲤鱼汤。”写外出他乡故人相逢，共忆旧时经历时光，感情真挚，最后一句“凉了糖醋鲤鱼汤”，俗语入诗，更增亲切。如今在诗词集层出不穷的年代，有许多为赋新诗强说愁的诗集出版，味同嚼蜡，令人啼笑皆非。这种时候读读韩先生清新自然的诗词，很是享受。

文学源于生活，虽然是传统的文学观，却是经典的不刊之论。读韩方超诗感受到的第二个特点是诗词记录了作者一生的经历，无论社会如何发展，身处社会之中的作者，把农民对社会各阶段的变化都以诗的形式记录下来，如果全部展示，这可以是一部中国农民以诗记录的历史，从解放前到改革开放的当下，任何一个时代，作者都有记录，诗写的是农民自己的一生，更是中国这片广袤的土地上历尽沧桑变化的真实记录。中国是一个农业国家，这种记录有独特的意义，既不是官修，又不是知识分子的有选择的记录，是农民心中、眼里的社会记录。作者写诗时没有发表的想法，只是有感而发，由于坚持不断，按时间排列起来，自有一轴历史画卷般的感觉。《抗战》：“多年抗战衣未脱，浑身都是虱子窝。平安家书日渐少，杀敌阵前鬼雄多。敌机狂炸爷娘死，大刀溅满倭寇血。四亿儿女共一呼，要用头颅保山河。”抗战时惨烈的情境，他在老人们的诉说中留下了深刻记忆，所以赋诗来回忆记录。“衣未脱”“虱子窝”非有生活经历，难以道出。《忆往》：“少小识得处世难，阶级成分影身联。动辄得咎寻常事，到处常见是白眼；乌云如盖难仰面，低头想见一线天。灯下潜心展诗卷，卷中飘来玉如颜；席筒藏郎瞒闺密，大石抛水智巧见。月朗星稀卧芳草，相偎望天商与参；共我枕衾萌我心，展禽怜香得玉全。母呼嫂追声声急，篱窗洞逃心深怜；曾议庄西杨柳岸，他乡卖酒家不还。最恨王母七夕怒，彩云散去变成烟。”写尽那个特殊的时代由于成分决定论对爱情的残害，对人性的扭曲。

韩先生的诗我最喜欢的是对农村景物的描绘和作者写身边的亲人、朋友、同乡的作品，质朴生动，亲切感人，由于熟悉和热爱，加之作者的仔细观察，有时视角新颖，意向独特，时有可观之词；有时信手拈来，皆成妙语。《春酒》：“佳肴未尽酒壶空，主人不时望壁钟。巧用酒杯暗斟茶，归家先扶白头翁。”写农家之好酒翁贪杯之状，含蓄又生动。《朱陈村夏收图》：“老翁架下摘黄瓜，老媪柳荫剪纸花。雏鸡老鹅戏争米，吓哭篮中胖娃娃。布谷声催早归家，公挑婆推姑嫂拉。举起酒杯饮不下，一阵凉风不思茶。四邻争说年景好，池蛙也学人声杂。邻家又添几样菜，新韭新蒜香椿牙。”记录农家丰收场景，好一幅农家丰收乐的图画。《满院荷风》：“青藤爬满墙，庭院作藕塘。梅树傍水榭，风送荷花香。有露皆成珠，无风自生凉。秋张擎霜盖，冬立万竿枪。”状农家庄院之美，如在目前，“有露皆成珠，无风自生凉”之句气象高，动感强。《赠友人》：“落草在农家，开口话桑麻。望尘五车书，嗜读博而杂。立身与行事，徘徊俗和雅。平生爱琢磨，往往出奇葩。绿藤绕墙屋，竹梅伴酒茶。晚岁忽来潮，诗情即勃发。俚句堪打油，妙语灿若霞。乐吟陌上草，远赋园中花。入眼皆寄情，赏心亦自夸。快哉古稀叟，日日趣无涯。”是赠友人，更是诗人自我的写照，颇有古风的韵味。《稚子》：“骑上竹马快如风，池傍牵衣阻舍翁；稚子掩口暗自笑，遥指荷尖俩蜻蜓。”写儿童观荷上蜻蜓之比翼齐飞，活泼风趣且有新意，令人忍俊不住。《云》：“闲云本不闲，时时造阴晴。袖藏雷雨电，步急风伴行。长空生苍狗，追兔遣饥鹰。浮槎赴南海，张帆狂涛生。天寒忧心重，春暖着纱轻。身隐日月明，恼怒客心惊。盛夏芒刺背，招人身影中。寒冬变白雪，风缓步从容。拂柳柔似水，叶落冷若冰。日日心在变，处处身不同。入谷漫山岚，依岩暗鹤声。无人知家乡，祖居在长空。”咏白云四季的变化和形迹，令人想起唐代邓倚《咏云》：“摇曳自西东，依林又逐风。势移青道里，影泛绿波中。 夕霁方明日，朝阳复蔽空。度关随去马，出塞引归鸿。色任寒暄变，光将远近同。为霖如见用，还得助成功。”但是意向更为丰富，描写愈为具体，堪称一篇“白云赋”。《清明食香椿》：“枝头摘下紫云剑，釜中化作碧玉簪；堪称入春第一味，食鲜能否忆椿萱。”是咏香椿的佳作，结句落在“忆椿萱”之上，情满诗中。《自家太太》：“眼花老太太，我的家里有。从来不吸烟，偶尔喝盅酒。拾砖修大路，方便众人走。为怕晒行人，又栽一行柳。家里喂着鸡，门前趴条狗。辛勤爱劳动，不惧风雨骤。只会打麻将，不爱推牌九。霜天栽苗树，裂了脚和手。听说台湾好，忙去看个够。灯下十字绣，睡着打呼噜。虽然打呼噜，不是河东吼。”字里行间流露出对老妻深爱之情，令人感动。诗贵真情，更贵创新，在韩先生这些佳作中我们能够发现这两者的有机结合。

韩先生集中有一首题为《写诗》的作品，“诗人如同泥瓦匠，一砖一石垒危墙。西厢壁干泼瓢水，东墙缝隙灌桶浆。地基沟槽深深挖，土松要用大力夯。柱正垂线一目立，户窗安牢规矩量。移来泰山装盆景，推走乌云月生光。雕梁画栋壁生辉，钩心斗角成庙堂。”作为论诗的诗作，用建筑喻写诗，形象生动、新颖独特，写尽作诗之艰难，非“农民诗人”无此笔触、无此眼光。诚如这首诗所言作诗如“垒危墙”，自有其艰难和甘苦，韩先生的诗作从艺术格式上看有一些还要精细打磨，更和近体诗的规范；同时诗贵含蓄，有一些诗如果能在含蓄和余味上提高一步，就更加难能可贵。盼望能够看到韩方超先生更多更好的诗作！

是为序！

刘国辉

2017 年中秋

★刘国辉先生，中国大百科全书出版社社长、编审，曾任人民文学出版社副社长。

目　录

咏史

刘邦

织席屠狗不世功，举贤任能起汉中。
山河一统思永固，还乡涕零唱大风。

咏彭城燕子楼

绝粒堕楼寄一身，只因夫亡不相随。
风骚楼名几兴废，而今年年燕双飞。

新丰鸡犬

汉王旧郡太行东，未央衣冠齐鲁风。
秦皇丰沛老鸡犬，夜深还鸣泗水声。

项羽

拔山举鼎气若虹，破釜沉舟万世雄。
楚歌帐里别虞姬，乌江岸边思范增。

古战场

雪压刁斗凝彤云，为铸凌烟百战身。
血溅白草掩白骨，楼兰黄花皆含魂。

韩门故事

碑毁文章在，宫苑瘦马肥。
兰关雪山暗，谪仙怯叩门。
朝霞成昼锦，庙堂逆龙鳞。
丹山鸣雏凤，项羽罢千军。

昼锦堂

昼锦三千花照水，夜帐八百虎谈兵。
庭有一株参天树，朝看清影暮听风。

范仲淹

先忧后乐一贤相，
良医医世思庙堂。
岳阳一楼垂千古，
生死彭城是故乡。

杨修

先见识鸡肋，智敏胜同俦。
才高胜八斗，叹不见吴牛。

关汉卿

傲骨愁眉悲愤心，笔下腥膻似兽禽。
楚天夏降《六月雪》，浪子班头《救风尘》。

朱元璋

身披袈裟起蓬蒿，皇后蔬食同尔曹。
若见官吏贪腐事，腰间先抽剥皮刀。

袁枚三百年祭

翁是诗坛一老松，三百年来不负名。
我将诗话作枕头，夜听先生说性灵。

司马父子

司马父子称英豪，后辈子孙多不肖。
三分天下终归晋，谁说诸葛韬略高。

盛唐李杜

杜甫苦吟多哀声，李白诗同天马行。
天上日月悬双璧，万古盛唐诗写成。

陆游

孝子难违慈母命，沈园题壁忆故人。
冰河夜渡杀强虏，白首九泉盼捷音。

吕洞宾

莫谓杯中清似水，壶中可藏百年春。
日日神仙醉如泥，一见峨眉现真身。

樊哙

霸王举鼎秋点兵，高祖还乡唱大风。
千年之后说刘项，不识屠狗真英雄。

沛县人

樊哙屠狗扰东邻，王陵葬母在西村。
刘邦赞叹草莽辈，筑台歌风独登临。

丰沛人

洙泗水绕沛丰村，一袄穿遍三家人。
每逢婚嫁同庆贺，秋日打枣要均分。
东家燕乳西家燕，多户牛羊牧一群。
为灭暴秦同揭竿，丰沛汉风千古存。

曹操

汉至灵献厦已倾，黄泉冥府死若生。
横槊赋诗堪壮士，建安文章父子宗。
每饭吐哺纳贤士，心血沥尽为一统。
不遗珍宝于后昆，分香卖履亦英雄。

壮怀赴国难

涕泪千行恨国破，吾侪重整旧山河。
为贺黄龙酒斟满，要用头颅补瓯缺。

李白

上天万里邀明月，下笔千言倚马成。
朝出三峡且放胆，舟近荆州莫高声。

孟浩然

襄阳才子无美眉，一首春眠合断魂。
花落鸟啼千年后，妇孺老幼更识君。

韩信

淮阴市上胯下辱，功成未央身受戮。
漂母如不济一饭，何来灭楚一丈夫。

天女独居

朝饮桐露传青响，夕餐黄英咀芬芳。
秋波窥影红鱼乱，夜雨润篁巧理妆。
日暖蜂蝶左右舞，风吹柳絮上下狂。
浣纱荷池映粉面，紫燕呢喃话短长。
董郎已去三山外，凌霄寂寞独彷徨。
月沉鸡鸣叹姐妹，七夕过后怨爹娘。
万家娶嫁着彩衣，机杼不停日夜忙。
那厢槐瘿常相侍，天上人间不见郎。

韩侂胄

鹏举未举何处行，曾扮书童探金营。
潜心苦练文武艺，精忠报国背刺铭。
奇冤三字莫须有，忠烈一门万古名。
秦桧申王谥谬丑，鄂王岳飞重追封。
开禧年间整旗鼓，重整山河捣黄龙。
出师未捷愧雄心，纤尘一点不蒙忠。

陶潜

谈禅难弃酒，采菊供赋诗。
长啸远尘市，谈笑过虎溪。

抗战

多年抗战衣未脱，浑身都是虱子窝。
平安家书日渐少，杀敌阵前鬼雄多。
敌机狂炸爷娘死，大刀溅满倭寇血。
四亿儿女共一呼，要用头颅保山河。

家国破碎

避兵日夜逾千村，黄犬不离自家门。
颓垣不发东篱竹，老鸦夜啼月下魂。
衰叟依扉夕阳里，蛛网破碎留花痕。
可怜去年梁上燕，绕梁难寻旧主人。

抗战

敌机飞来炸弹抛，爷娘儿女哭长号。
千家万户成焦土，壮士胸中烈火烧。
忠魂夜夜索白骨，鬼子血溅杀敌刀。
一息尚存护河山，梦中杀敌呼声高。

时代长子

千年历史是老人，应有长子处世尘。
尖刺锋芒勤磨砺，德才运命方显身。

家园

韩园

到此不游园，妄自到敬安。
竹高指霄汉，藤绿旋上天。
庭树雪中碧，梅瘿大如盘。
枸杞呈红心，鳞甲挂百年。
鸟噪唤日出，池鱼咬破天。
鹅黄浮绿水，花放不卷帘。
窗绿涤俗气，室静少忧烦。
梅香壮诗胆，月明不谈禅。
亭下茗烟生，客雅主人闲。
待到春秋日，何妨一窥园。

榨油老屋

经历百年榨油屋，天寒地冻说汉书。
锅下火旺烤地瓜，心急难耐透心熟。
生产队里死牛马，都在小口蒸锅煮。
欢喜最是小朋友，吃不到肉啃块骨。
棉籽屋里长宿客，夜寒不用添被褥。
窗外茫茫飘大雪，屋内声高打呼噜。

农家院

叩门莫要高声语，入院虎步慎慢趋。
庭内没布地雷阵，小心鸡屎和鸭屎。

春深

雄鸡声声杜鹃啼，青藤拂水惹游鱼。
久观蝶飞心也香，偶立花丛算熏衣。

国魂

五星旗升挺起胸，一腔热血赴同仇。
每当唱响义勇曲，十指攥紧两拳头。

满院荷风

青藤爬满墙，庭院作藕塘。
梅树傍水榭，蛙鸣荷风香。
有露皆成珠，无风自生凉。
秋张擎霜盖，冬立万杆枪。

冬园

廿年园初置，今日大不同。
池壁生花黄，枝头柿子红。
栽竹作策杖，舞鸡伴鸟鸣。
四季四壁绿，不要借春风。

园幽

青藤拿云昼生烟，老梅挂甲瘿成盘。
待到春秋月明夜，池边静坐成神仙。

秋莺

秋叶临风片片黄，半怨夕阳半怨霜。
林莺且慢高声唱，雪落何处把身藏。

春蚕

蚕娘三更烛光里，遥望家家裁新衣。
布谷声中春色老，食尽残叶要吐丝。

重阳

深秋九月故人来，东篱黄花迎客开。
十月阳春天怜老，举杯忘却鬓毛衰。

小园

虽无文章惊海内，园有清潭招飞鸿。
白云穿窗驰野马，青藤缠竹跃蛟龙。

春雨池鱼

夜雨洗尘石苔鲜，柳丛黄莺巧声言。
珠悬四壁绿叶上，红鱼喋破池中天。

归雁

黄叶随风入高楼，要窥窗前玉人愁。
斜阳晖里南飞雁，俯见小园思去留。

古稀多思

病树斜阳风烛，潘鬓檐霜残雪。
少些心猿意马，多思来日不多。

惜竹

新诗镌成对酒吟，梅花树下寻月魂。
劝君莫踏足下笋，日后好放遮天阴。

青藤

满园青藤乱牵衣，心中深意知不知。
人间不如天上好，何不携眷天上飞。

客至（一首）

老鹅引客声高扬，幼童怯人裙下藏。
桌上新韭伴陈酒，雄鸡高声添茶汤。

门前柳

风吹杨柳自依依，荫浓细雨鞋不湿。
暗吐心花风吹絮，一条柳丝一首诗。

园潭

叶落水面百只船，风来竞渡如张帆。
临水栽花深有意，一株当作两株看。

庭院（一首）

小荷叶紫雏鹅黄，红鱼群游碧水塘。
春暖连翘秋菊样，风来满墙青藤狂。

园幽

窗含一园幽，青藤半掩楼。
好音在深树，雁过不知秋。

坐

蜂来花更妍，风静蝶戏蝉。
松下一壶酒，相邀却忘言。

圣言

凤凰知我小园幽，桐叶落尽身难留。
忙叫百鸟觅枝栖，怕烦主人少啁啾。

藤心

百草白折万叶稀，小园犹存一角绿。
三五成群共携手，来年看我攀天力。

梦境

月暗灯昏忽入梦，梦境如幻不愿醒。
心知不是真世界，偶有笑靥两颊生。

雄心

昆明养龙池太浅，亭旁鱼游醉深潭。
书生心雄摘星月，闻鸡斩得小楼兰。

梨花带雨开

一夜雨急摧花繁，晨鸡呼我窥小园。
何人能知天公意，梨花含泪更耐看。

夫妻临园

夫妻临园小流连，青藤牵衣上云端。
红鱼列阵迷望眼，风竹迎客翠腰弯。
池清招鹤高天过，粉荷怒放叶田田。
石榴树下石榴裙，怎教织女不思凡。

思进

晨风有意揩望眼，梨花无情添华巅。
紫燕衔水穿云箭，蛙敲鼙鼓难惜肩。
鸡鸣催人迎朝暾，鹤翔引颈向天蓝。
常思阎君是铁面，青衿红袍难永年。

深秋

红叶拍水迎客至，白鹅高声问姓名。
时值秋尽弃团扇，重阳又生黄花情。

夕阳黄花对客饮

藤攀残壁上，杯举画亭中。
鸟呼菊花黄，霜染柿子红。
水深池底现，鱼游拭眼明。
月旦古今事，持螯对秋风。
互赞桑榆景，不觉壶中空。
使君飘然去，醉卧田家翁。

夕阳叹

秋水长天多负我，逝去华年感慨多。
黄叶频落金风里，时时当作末日过。

舒心

夕阳落花不忍看，恨声愤气谁愿闻。
世态纷然万千象，常装笑脸难做人。
花落总有花开日，看罢夕阳迎朝暾。
胸中悲愤溶块垒，浩然之气当凌云。

秋日

暮笛送归雁，斜阳薄远山。
昏鸦踏虬枝，牛羊散炊烟。
枫叶满山丹，残荷召人怜。
风静蝉声微，慈母先知寒。

顿悟

善忘得闲暇，勤记不弗言。
性急事常燥，食苦心中甘。
晴空浮云少，无虑胸自宽。
晚霞似锦绣，须臾归暮烟。

思念

一夜春风遍天涯，伊人赏花在邻家。
鹦鹉前头说不得，只得隔墙弹琵琶。

小园春景

红鱼夺食深水去，紫燕衔泥冲天飞。
山雀求偶亮新羽，柳莺绿深诉相思。

愁心

一叶落知天下秋，风霜易染老人头。
独秀峰前品独秀，莫愁湖上叹莫愁。
云暗乘风摘北斗，月明中天笑吴牛。
人欲狂歌任狂歌，雄心只合诗人留。

农家苦

春蚕吐尽万丈丝，秋夜裁成避寒衣。
盘中粒粒白米饭，尽是父母血汗滴。

春酒

佳肴未尽酒壶空，主人不时望壁钟。
巧用酒杯暗斟茶，归家先扶白头翁。

酒香

端阳打开卅年封，酒香招来三家翁。
昨日园花初开放，满园尽飞采花蜂。

落花

春宵渐短柳丝长，日暖蜂舞夜雨狂。
堕地不愿入泥去，飘上水面著文章。

伤春

春花不惧雨打残，明年又能见芳颜。
花开花落年年见，人老怎能再少年。

清明

清明时节连夜雨，柳莺难放去年声。
竹篁呼朋朝天去，稚子无言怨风筝。

海棠

云淡风暖柳花飞，海棠花萎苦恋枝。
曾经含笑佳人面，今日愧对老布衣。

梧桐

丹山遥为凤凰家，朝饮清露夕餐花。
我栽梧桐君知否，为赋心曲弹琵琶。

雪中招饮

天寒地冻池水封，雪地公鸡火样红。
窗下竹炉烹鱼羊，隔墙呼翁饮几盅。

亲情

奶奶的摇篮曲

孙儿孙儿快快长，长大读书上学堂。
应天府里若当官，莫忘家中爹和娘。
给我买架老花镜，灯下缝补旧衣裳。
给爷买个新烟袋，丢去多年老烟枪。
当官莫嫌官职小，再小也比百姓强。
大小都学包文正，莫学忘恩蔡中郎。

喻后昆

伫立夕阳有余哀，弧弓无力射轮台。
子孙若能燃火旺，朽肢愿作南山柴。

孙女

爷爷忙罢奶奶忙，都是为她巧梳妆。
头戴鲜花芬芳味，脸上还要抹香香。

题孙女小照

眼前闽橘绿半黄，双手捧于客先尝。
二十年后春风里，我已嫣然大姑娘。

赠次孙

韦编三绝五更天，
东隅桑榆均惜年。
老有所成元好问，
穷达不移范仲淹。

老柳

忆昔春发金缕枝，夏荫摇篮曲中栖。
衰年老柳不吐絮，曾挂我儿脱胎衣。

老妻

七十老媪腰板硬，眼睛不花耳不聋。
饭前常喝一盅酒，雨天偶尔摸红中。
闲着浑身生毛病，不是腰酸腿就痛。
我要抛弃责任田，她说还得接着种。

家严

家严孝义多异举，往往力行彰俗理。
谈古论今识字少，常使棍棒育孝子。

女人心事

杏眼蛾眉桃花腮，葛衣麻裙簪荆钗。
窗前月沉三更后，帘垂风柔独徘徊。

忆幼儿

年满五岁已幼年，整日不离娘怀前。
为要娇儿早断奶，娘将乳头涂紫篮。

天孙

参罢佛祖值完班，人间已是正月天。
蓬莱万里不辞远，路过旧家阅百年。

次子新婚四月初十夜

烟花燃放三刻钟，唢呐鞭炮震天鸣。
千家翁媪引颈望，不顾粉面数星空。
管弦丝竹声细细，云淡风轻月溶溶。
歌喉放胆震四野，戏台搭在广场中。
柳腰曼舞柳琴戏，姑嫂拍手睁目听。
仲夏不眠韩家夜，酒阑曲终日东升。

又到姥姥家

外孙全身刺满龙，大舅小姨都心疼。
妗子惊呼快来看，龟孙又整啥头型。

稚子

骑上竹马快如风，池旁牵衣阻舍翁。
稚子掩口暗自笑，遥指荷尖俩蜻蜓。

老人

难辨是婆还是翁，眼昏搀扶驼背行。
巧遇儿孙不识面，却说东邻俩后生。

又见叔翁生乌发

九秩人瑞再添筹，乌发重上少年头。
抚松盘桓信步走，夕阳多登鹳雀楼。

见叔父耄耋年身犹壮

严慈庭植两青松，乘云一株已化龙。
孤松苍劲阅盛世，留于子孙听风声。

老人

花丛飞来两蝴蝶，翩翩戏弄古稀人。
夕阳晖里依柴扉，黄犬摇尾胜子孙。

儿歌

儿歌民谣充耳闻，不知作者是何人。
口口相传千年后，而今听来却是真。

雪夜姊妹

遍地雪白玉无瑕，预报秋后好桑麻。
大姊围炉绣鸳鸯，小妹推窗嗅梅花。

父母怨

儿子进城已十年，娘带孙子媳妇烦。
别墅屋多铺地毯，爹不进门怕吐痰。

父母喜

春节来客不用愁，硕士女儿煲鱼头。
爹娘厨房学手艺，博士哥哥打酱油。

老铁梅

奶奶生来大嗓门，
吵架从来胜他人。
妇救会时老队长，
今日上台演铁梅。

戒烟

结缘半世纪，子女逼我弃。
藕断丝还连，夜深还相遇。

隔辈亲

黄花黄叶飘黄昏，扶节西风古稀人。
昏眼唯见竹林翠，哪有老翁不惜孙。

老人观花

七十老翁鬓若霜，望月如轮目近盲。
缤纷满园新雨后，蜜蜂采花汝闻香。

祖孙

背痒常有双手挠，腮边偶来小嘴亲。
爷爷不怕老来穷，膝下笑看两千金。

柳荫祖孙

村东溪边古柳下，幼孙梦魇笑如花。
为怕蜂蝶落面上，手把柳枝扮菩萨。

新媳妇

老爸今日家中来，公婆杀鸡站锅台。
我奔东庄沽陈酒，野花一路笑脸开。

自家太太

眼花老太太，我的家里有。
从来不吸烟，偶尔喝盅酒。
拾砖修大路，方便众人走。
为怕晒行人，又栽一行柳。
家里喂着鸡，门前趴条狗。
辛勤爱劳动，不惧风雨骤。
只会打麻将，不爱推牌九。
霜天栽苗树，裂了脚和手。
听说台湾好，忙去看个够。
灯下十字绣，睡着打呼噜。
虽然打呼噜，不是河东吼。

褪毛老鸳鸯

恋爱之事没谈过，结婚已经卌年多。
儿女三个皆成人，处亲为邻都谦和。
足裂热水烫烫足，腰痛口哈贴膏药。
夜深常与撴撴被，就是不说她爱我。

李玉和

突击队长天天学，
红灯记里李玉和。
提着茶壶作红灯，
以酒当茶解解渴。

守岁迎春

万家同守不眠夜，竹爆又放去年音。
皓齿摇落存皓首，天增岁月我添孙。

赤子

赤子酣睡多美梦，梦境喃喃说不清。
母要喂乳摇不醒，惊醒多是鸡犬声。

爱孙

壮年犹爱子，衰朽倍怜孙。
不是隔辈亲，桑榆近黄昏。

新妇

新婚夫妇理红妆，人前夫君床上郎。
自从生下小儿女，方知公婆胜爹娘。

老妻履历

七岁八岁上小学，十七八岁干农活。
二十八九编条筐，六十七八卖烙馍。

豆蔻情思

曾记五十六年前，乌发翩翩正少年。
双兔傍地情窦开，暗与阿娇投诗柬。

赠女孙

千针万线织得密，玉兔东升日已西。
夜深多思存远虑，墨聚作尔嫁时衣。
俭勤二字终生记，常将昨是补今非。
诗匣难作连城贝，可防恶婆来相欺。
衫湿鸡啼声呜咽，涕流鹊闻惊踏枝。
心连广宇无写处，回看字字是泪滴。

室内天窗

室暗仰首望星辰，忙忙碌碌天上人。
王母挎篮剪新韭，天孙姊妹织彩云。
三月三日蟠桃会，蛋炒韭菜待诸神。
红云裁成五彩衣，好把新娘迎进门。

姑妈回娘家

八十老媪回娘家，眼镜好似两枝花。
目浑已至一千二，院景难辨没好法。
问名忆起儿时面，听说生孙笑掉牙。
天要施恩再赐岁，廿年再吃家乡瓜。

夜听小姑说往事

胸中记忆如烈马，一放难收势无涯。
聊罢往事说眼下，夸完儿子叹爹妈。
儿媳做菜是好吃，美中不足有点辣。
院中好景看不得，手抚孙辈笑哈哈。

忆祖母

奶奶高寿八十九，还常晒鞋水上走。
人老发疏牙齿摇，好吃灰中烤窝头。
讲起陈年老故事，冬夜多坐锅门口。
郭巨埋儿虽为孝，边说可怜边泪流。
往往便秘难忍受，嘱孙用力慢慢抠。
热水小脚泡老茧，裹脚布条长而臭。
奶奶为我挑媳妇，教我处处把心留。
长得好看不重要，待人良善心宽厚。

老媪缝衣

推窗始见枝叶疏，剔灯为使针线密。
昨夜忽然秋风起，今晨又望雁南飞。
秋衣破处缝补好，呼儿晓耕再添衣。
孙女袖长君莫笑，为怕霜冻小手指。

清明坟前

一针一线纸钱真，针针刺向儿女心。
黄土垅中一堆火，化作蝴蝶飘入云。
儿时音容最堪忆，哪个不是掌中身。
酹酒和泪滴黄土，此处可报父母恩。

清明母训

母亲清明难祭扫，临近寒食偏伤腰。
叮嘱焚钱不洒酒，尔父年高血压高。

春节回家

为听老娘絮叨声，风雪除夕回家中。
父亲向儿说句话，多住一天再回城。

旅游

雁到衡阳

鸣雁阵寒衡阳秋，携卷又登岳阳楼。
君山妃子今何在，唯见寒汀立沙鸥。

古都小吃

成都姑姑宴，金陵马祥兴。
北京便宜坊，彭城两来风。

峨眉道中

曲径招人深林去，老猿不攀柯朽枝。
拄杖辨认石壁字，苍苔乱涂前人诗。

渔翁

鸥立浅滩高过山，风暖草柔碧连天。
一篙一翁一蓑衣，卧等鲤鱼跳入船。

登黄鹤楼

登楼诸君莫悲秋，望尽风光是此楼。
百舸争渡无孤帆，危城欲破有火牛。
五溪水流通三峡，一鹤声唳闻九州。
腰间龙泉指北斗，天下谁人再言愁。

游富春江

碧江生黑烟，何处觅白帆。
不厌顾两岸，船过子陵滩。

飞瀑

七夕有雨皆是泪，九月无霜不成秋。
人间万物生百态，溪水高鸣总下流。

西湖

君到西湖知不知，一瓢湖水一首诗。
烟雨朦胧船夫路，黄莺傍着柳丝飞。
西湖游罢带瓶水，内装悲愤和泪滴。
和泥捏个白娘子，招来法海怒目立。

乐山品江团

乘风飞落沫水边，为瞻千年大士颜。
人说岸头有绝味，味鲜价高品江团。

鸟巢

含血筑成夺天工，能遮夜雨避狂风。
枝密叶稠迷望眼，耳间只闻唤母声。

游西京

深秋携侣到旧京，钟鼓犹存汉唐风。
玉环明皇今何在，秋雨含泪滴梧桐。

老翁春游

老翁游春不随俗，闻香常避蜂蝶知。
花开满园万千树，偷折含苞一两枝。

游普救寺

塔幽接天界，云暗闻暮钟。
风动户半掩，长恨月当空。
禅院天籁静，两处一心萌。
姹紫芬芳蕊，无时不招蜂。

雪中西湖

大雪飘飘漫杭城，湖天一色不分明。
偶有喜鹊啄梅花，乌篷烹茶炉火红。

六月西湖

风静蝉声送天涯，草丛深藏虎踞蛙。
游人方知香消暑，绿荷丛中数红花。

江南四月

四月秧田燕如梭，池塘蛙声出新荷。
路旁折柳换旧鞭，晚霞牛背听牧歌。

蒲津渡铁牛

黄河不息万古流，大唐气概留千秋。
当日秦晋两家通，百姓至今说铁牛。

汉中

盖世三杰起汉中，栈道断处陈仓通。
月下追来上将台，汉高始得唱大风。

钱塘潮

岳阳洞庭水，钱塘天下潮。
观之动魂魄，楚汉动刀枪。

游京西曹雪芹故居

世败家亡面蒙尘，天降秀木强出林。
万古一篇红楼梦，晨霜残月黄叶村。
胸中块垒真作假，笔下意象假是真。
血泪稀粥润毫端，解刀质酒骨嶙峋。
绿窗香履最堪忆，贩夫走卒皆有神。
纵使时过千年后，蓬牖灯影更识君。

盼盼窥仪

燕子楼临王孙邸，卷帘常窥卫阶仪。
芳邻久闻翰墨香，盼盼登楼叙心曲。

桂林奇峰

漓江滔滔逝不还，突兀一峰现眼前。
乍观疑戴青螺帽，鬓边斜插碧玉簪。

雾

开轩雾蒙蒙，阆苑神话中。
俯看花溅泪，柳垂无风生。
深谙天公意，怪石隐峥嵘。
群山皆醉卧，扶危峰不倾。
难着五彩衣，淡墨作丹青。
胸存浩然气，朦胧看日升。

群山出峰

南去雁阵送秋声，一夜严霜万山红。
林幽涧深溪能语，山中峰高自取名。

清明游园

朝雨新柳初临风，邻家探幽闻新莺。
小园主人卖花去，留有黄犬迎舍翁。

春江晚霞

渔舟唱晚归，春江满绿水。
夕阳无限好，留待鸥鹭飞。

仲夏之夜

一夜碧荷凝露珠，三更月下闻布谷。
金鸡唤醒千家梦，黄鹂啼翠万竿竹。

寻春

昨夜雨骤户牖闭，落花随风堕入泥。
寻春不知春归处，三两蜜蜂逐马蹄。

远虑

寒夜梅初放，满屋浮暗香。
船击春江水，留有后浪长。
家植梧桐树，不愁落凤凰。
盛世弦歌起，耕读育栋梁。

塘趣

茅草竹阁近小池，布谷声里夜雨霁。
蛙惊荷尖俩蜻蜓，飞上钓竿看钓鱼。

思乡

江湖十年逢重阳，楼高百尺尽望乡。
遥想故园黄菊放，昨夜初霜添新妆。

盼归

朝闻幽谷子规啼，暮看花丛鸳鸯栖。
终日陶醉西湖里，有人灯下数归期。

春宵

鸟宿池树静无风，画楼歌台已暗声。
月明似水浴牡丹，清露如珠含蕊中。

春山

春风进山染竹翠，山岚带雨潜入林。
溪水激石乱鸟语，花不捧觞自醉人。

观音

莫言前身枯树根，精雕细刻案上尊。
善男信女纷纷拜，不语也知世人心。

幽谷

孤松似老僧，涧溪诵禅声。
月明鸟不语，禅院晨闻钟。

悟禅

老眼望月大如轮，寒潭静水知我心。
丝竹入耳人智乱，叶露滴处寻禅音。

觅乡音

千里做客随时俗，登楼身着酒痕衣。
忽听隔座说乡语，借问家否敬安集。

乡思

残阳余晖染林梢，江边寒汀一雁愁。
横笛声里乡关远，梦中张帆催归舟。

登高

千折百回云间道，循序渐进近凌霄。
登高何须再问路，回眸四望身自高。

芦花

大泽之滨凋草岸，鱼游浅水映天蓝。
多少鸳鸯鸥盟情，白首相聚忆当年。

周铁匠

南街周铁匠，身体很硬朗。
年过八十岁，整天玩刀枪。
近来没有事，打刀杀阎王。
小鬼被杀死，判官腿砍伤。
阎王知道了，心里发了慌。
拿来生死簿，眼镜不对光。
换上放大镜，心里还紧张。
吃粒安定片，一目观十行。
原定一百岁，无疾回故乡。
因为脾气犟，减去二年上。
看你这身体，瞧你这模样。
罢罢罢罢罢，我自做主张。
再添一百岁，你看怎么样。

曹八爷

西街曹八爷，两女两相公。
年过七十岁，走动快如风。
平日吃素菜，偶尔沾点腥。
烟吸大前门，喝酒是沛公。
门前巷口窄，家后是臭坑。
天黑看电视，白天摸红中。
睡着做好梦，醒来就发疯。
梦里见情人，一搂是个空。
逢到下雨天，唱段豫剧听。
整天不劳动，吃饭也稀松。
俩儿常送饭，儿媳说饭桶。

董主任

东街董主任，是个文明户。
家里有水塔，开门是大路。
闺女大学生，丈夫是干部。
负责街道事，整天闲不住。
上身花大氅，下穿青丝裤。
笼中百鸟叫，鱼在灯上浮。
庭院是花园，玻璃房中住。
当着售货员，又开肉盒铺。
偶尔打麻将，好赢不会输。
门傍石板凳，靠着法桐树。
晚上看电视，得空读读书。
冬日织毛衣，春夜跳街舞。
为打酱油醋，搬近封家住。

王广娇

前街王广娇，个子不太高。
红红大圆脸，微微肿眼泡。
常烫波浪头，偶染黄花俏。
里外千斤担，都是一人挑。
东街买青菜，夜市动动刀。
生意有点空，帮助卖夜宵。
素拼菠菜藕，烧菜汤上漂。
白天买小鱼，夜里容易糟。
抽空打麻将，赢钱满腰包。
老公常散步，自己累弯腰。

葛老板

老板本姓葛，生时下大雪。
开片小卖部，终日闲不着。
货架名烟酒，锅里是窝窝。
公买又公卖，不把谎话说。
生活节又俭，从不穿丝罗。
二亩责任田，四季苦劳作。
玉米大丰收，灯下把粒脱。
为了多收入，桐树栽百棵。
一嘴白牙小，两个大酒窝。
家哥好喝酒，十喝九次多。
婆哥是背锅，背锅不偷锅。

荣誉功臣王月明

援朝打败美国军，肢残血染百战身。
年过八旬身愈壮，素食豆腐拌香椿。

东邻宋君建

家有万贯不自夸，萱堂九秩悲白发。
床前鸡汤奉朝暮，朝暮自食是南瓜。

百年槐瘿

战将归来身挂花，世人却说都是疤。
边关再有烽烟起，一身又披黄金甲。

耿三哥

两眼盛产白水泥，梅花拳脚苏北稀。
练就一身好武艺，老了骑车腿摔劈。

醉汉

偶逢醉汉卧道旁，群童围观不惊诧。
呼母家中取秋衫，王婆端来大碗茶。
醉里还呼换大杯，微醒不住打哈哈。
日暮月升风渐凉，朦胧眼里不知家。

醉汉

春暮偶聚邻翁家，醉后举杯两眼花。
晚归生怕认错门，自言门前两蕉芭。

新娘

东庄陈家女，西村朱姓郎。
今秋五谷丰，择吉拜花堂。
丝竹一二里，喜字千百张。
亲朋都来贺，姑嫂迎嫁妆。
日夕成大礼，鸡鸣拜爹娘。
临镜不描眉，先去寻茅房。

寡妇

丈夫归天三年多，知心话儿跟谁说。
白天地里数高粱，十五夜晚叹沉月。
娘家催促叫改嫁，邻居夸俺孝公婆。
小姑人后说是非，寡妇门前闲话多。
静坐常思李二嫂，眼前又过胡三哥。
入梦多是婚嫁事，这样日子怎么过。

寡妇

初一十五跪案下，拜佛焚香且献花。
泉下丈夫少饮酒，城里儿孙常回家。

村姑

荆钗葛衣淡淡妆，朝晖夕阴蒸黄粱。
浣纱溪水碧如洗，招来沙鸥立身旁。

悼逝翁

春残无力送逝翁，斗室将息读书灯。
案上遗篇子孙绪，满园桃李是铭旌。

慈母裁衣

忽闻窗外秋风起，慈母灯下裁冬衣。
细数针线未备齐，心愿黄叶是蝶飞。

宋先生

童颜鹤发九十翁，蝇头小字认得清。
春夏秋冬不饮酒，远近纵横两耳聪。
斗室日夜伴电视，偶有余兴摸红中。
桑榆借得东隅景，桃李春风中学生。

悼人瑞

严慈乘槎游太空，儿女泣血作铭旌。
寿逾九秩是人瑞，终化烟霞散菊丛。

功臣

战场归来浑身疤，退役回家种桑麻。
院内院外堆红薯，无人知是英雄家。

孽子

老家推倒百年房，十万卖了房中梁。
父母多病无人养，气死老娘娶新娘。

懒汉

蓬头满面垢，衣破不自羞。
半年洗次脸，洗脸不用手。

忆某君

五十年前识君初，南小街上织网罗。
蔬食布衣一声吼，王侯将相打哆嗦。

乡情

彭城浩熙新居

朝岚暮雾浑如梦，花含笑脸柳含烟。
北国风光已看厌，撩起珠帘是江南。

农家丰年

地净场光五谷丰，老汉相聚喝两盅。
历数豆麦籽粒实，偶叹地瓜鼠啄空。

阎老师

立雪程门在敬安，阴霾厄运三十年。
而今相聚泪眼望，山青叶红晚晴天。

故人庄

茅舍牖暗炉火旺，少妇杀鸡老妇忙。
雨后芽嫩剪新韭，畅饮又到故人庄。

忆百年香柳树

清明晴日伴碧云，长叶面绿背若银。
一阵芳馨来天外，香煞阡陌远游人。

老人

潦水浮鸥影，寒云绕孤村。
日斜身影长，菊黄杯酒深。
病老无残夜，梦醒鸡司晨。
望断南飞雁，谁怜日暮云。

梦中还乡

浊酒三杯家万里，梦中还乡妻女知。
五更雄鸡啼一声，爹娘柴米未及籴。

少妇

初穿高跟鞋，少妇好崴脚。
唯因为的俏，不是喝得多。

临终

枕下席边怀中揣，偶有大票米缸埋。
地下银行不可靠，临终还得交出来。

顺口溜

顺口溜来胡八诌，大年五更立了秋。
我是说的太平词，莫使世人掉污沟。

失约

日高晏起有病容，小径探幽恨花红。
无端态度何须问，昨夜密约未相逢。

入俗

鱼在水中游，鸟向天上飞。
人生人间世，不能不入俗。

天仙著书

村翁不必戴眼镜，名利二字看得清。
天边飘来菩提叶，上有织女养牛经。

画师

笔底能生九州烟，泼墨书丹鸟能言。
写尽梅花画尽竹，留得清瘦在人间。

铡美案

庄前大戏嗓门高，巴掌拍红又跺脚。
台上铡了陈世美，村村都盼有老包。

喻世

十分精明用五分，留下一半给子孙。
天才人力都耗尽，后来都是智昏人。

戍边将士

君赴塞北胡人闻，大漠夜遁已丧魂。
堂上爷娘常北望，梁间燕子问晨昏。

纸扎花朵

瓶花一束百日红，骗过儿童蒙老翁。
翩翩飞过两蝴蝶，不屑一顾是蜜蜂。

重阳赋诗

新朋旧友三家村，醉卧菊丛捉诗魂。
每到重阳好赋诗，赋诗常遇潘大临。

柳下

四月柳荫非盛夏，白发怀中摇娇娃。
犹恐飞蝇惊幽梦，折根柳枝作菩萨。
爷爷策杖作竹马，看见奶瓶不找妈。
才跟奶奶学剪纸，抛下剪刀要摘花。
衣襟尿湿作水洒，爷爷不怪笑哈哈。
权作麦后及时雨，趁墒犁地把秧插。

丧事

当大事时人已殇，和尚道士做道场。
袒胸露脐似妖怪，丝竹声里骂爹娘。
不顾儿女泪千行，脱下裤子挠痒痒。
台上显尽风流样，唯有亲人哭断肠。

游魂

眼前难寻儿时村，水泥高楼铸成林。
南柯椿萱有遗恨，尔后无叶难归根。

杀鸡

任尔树巅满院飞，昼夜啼声有高低。
迎风展翅如霞举，可恨惊失五更诗。

新居

下班回家忙关门，相逢不抛一片心。
眼前多是新邻居，梦里常会老乡亲。

穷困老屋

穷困莫论负亲恩，秋寒慰我有浮云。
常观竹石天然画，偶捡旧衫暖子孙。
入室不惊觅食鼠，垂帘难隔案上尘。
后园荒草无蜂蝶，前门不断讨债人。
新茶味淡斟浊酒，为寻当年武陵春。
雏燕争食惊移枕，寒鸦一声日黄昏。

喧宾夺主

满头珠翠着盛装，搀出花轿去拜堂。
洞房挑去红盖头，不看新娘看伴娘。

对饮

柳暗云低三家村，朝酒暮饮日渐昏。
推窗闻得春雨足，杯盘狼藉把盏频。

古村

老树老屋老门楼，荼蘼撩水戏鱼游。
竹篱开满牵牛花，石板桥下溪水流。

少女

少女何须饰金钗，卷帘不上梳妆台。
云淡天高临秋水，柳眉杏眼桃花腮。

书画家

一心成为书画家，偶遇奇人授秘法。
纸上落笔多蘸墨，头发要像孩他妈。

春蚕

万丈情丝做新房，尔后不用日夜忙。
一赴沸汤成罗绮，农家嫁女难为妆。

蜜约

昨夜密约画亭中，草柔露冷度春风。
一声更鸡啼残月，四目相望恨无声。
朵朵花红入春梦，条条柳丝寄离情。
溪水不知人心事，说说笑笑奔村东。

相亲

春来柳绿掩柴门，女大爷娘倍伤神。
兄择妹婿设雀屏，嫂翻日历选良辰。

童心

朝起临镜双目浑，良久不识镜中人。
再卧席枕寻旧梦，儿时童伴模样真。

村头

牵牛花满竹篱笆，柳荫斗鸡兼斗茶。
棋枰妙招解不透，争看老翁赌寒瓜。

耕牛

华堂夜宴喧声高，肉筋汤沸做馔肴。
田头力尽系索套，双眸含泪对屠刀。

清明

掌中身已白头翁，思恩何须到清明。
世间偶遇惊悚事，先呼“娘来”第一声。

无乡愁

老街老巷老门楼，推土机下情难留。
爹娘含泪别旧宅，儿孙何处觅乡愁。

夕阳

一行孤鹜水面飞，片片白云随波沉。
残阳涂染东山松，牧童指是桃花村。

泥公鸡

一支彩笔泥一堆，捏群公鸡展翅飞。
要它鸣叫传高声，只只都得费力吹。

泥一堆

小小泥一堆，历朝人在内。
手巧捏嘴脸，笔下描须眉。
孔明执羽扇，焦赞挥铜锤。
不肖再重塑，打破并揉碎。
塑个小和尚，深山挑泉水。
捏个猪八戒，肚大吃饱睡。

泥老虎

虎头虎脑逞威风，乍看俨然百兽雄。
虽然头上有王字，可笑泥胎腹中空。

泥寿星

高额低眉扶杖行，须发皆白笑盈盈。
家家请来立案上，老人无心成寿星。

友情

浩若

京师教授是长兄，小弟北大大学生。
自恃体壮力气大，只能报名去当兵。
椿萱高寿奉晨昏，偷闲偷默两三盅。
致仕观花兼种树，爱听鸟语不提笼。
冬夏黑天看电视，春秋白首话凉亭。
常与邻家写春联，众人齐赞墨黑浓。

徐娘

萧郎鬓白徐娘俏，出门访友要报告。
寻常偶有齿绊舌，多看当日结婚照。

田娘

田娘黛眉淡淡妆，玉腕捧酒客先尝。
盘残频频送客后，更深饥饮面条汤。

周夫子

天子后裔驻帝京，曾在敬安驭长风。
五十年后再相见，发无二毛两耳聪。
案上著就等身文，身后不闻大寺钟。
食前饭后厌烟酒，阶柳庭花不相逢。
四纪日月身心苦，偶饮浓茶胃发痛。
妻儿琐事操心少，只为笔墨费劳形。
桑榆夕照成美影，想同玉树秋临风。
新华宫前小衙吏，公车不坐专为公。
宴饮尽时食残羹，半生节俭餐桌净。
笔秃不为稻粱谋，生前心苦身后名。
头顶烈日访百家，脚踏破车逾半城。
渔歌唱晚洞庭上，残月柳岸舟未横。

贺传家新居

五纪京华老书生，桑榆烟霞意纵横。
赏雪北移扬子居，倚马长城赋秋风。

观序后感

使君笔下生云烟，如芒在背面汗颜。
瓜棚布衣老雕虫，不枉浮生七十年。

肖郎（二首）

肖郎再到旧时乡，卸却衙烦新事忙。
门前少了旧车马，手中多添孙儿糖。

致仕离却州府衙，嘘寒来到百姓家。
身后少却旧车马，眼前多见一枝花。

逢故人

故人相逢话语长，酒家楼上漫举觞。
点点珠泪说思念，条条皱纹记沧桑。
寒窗两世囍映面，今日儿孙俱成行。
共忆争说当年事，凉了糖醋鲤鱼汤。

赠关惠生退休

关公赴关东，赤兔马腾空。
手握青龙刀，不减彭城风。

呈朱夫子

年过古稀是春宵，不是朝暾时时高。
惜年惜月更惜分，阎君铁面不相饶。

赠朱君

京华寻梦整五年，大地惊起九州烟。
随风漂泊江南岸，江淮也有四月天。
朱庐筑成兄嫂愿，亭碑刻出父母颜。
相伴梅花数往事，汝到人间七十年。

夫子著书

一屋黄卷十年灯，寒窗热茶冷板凳。
夜话彭城万古事，留待楚汉后人评。

周郎

卌年京华未成翁，鬓无二毛两耳聪。
三更灯下窥莺莺，五车书里捧张生。

呈周公

去年金秋索墨笺，今日长安呈尊前。
无畏身是庄稼汉，敢在灯下读《周南》。

农家朱庐

朱庐朱亭朱子家，朱门酒肉不须夸。
朱楼朱袖香不尽，朱笔又绘一枝花。

彭城朱庐

窗开垂柳全依水，远眺花草碧连天。
晨林宿鸟啼白云，夕阳落晖尽染山。
坐拥书城摘章句，香残红袖频频添。
更深卷帘同望月，不羡嫦娥不羡仙。

慈母愿

粉墙黛瓦补栖山，不堪回首百年前。
庭前玉树年年绿，兄弟又整旧家园。

残墙

朱庐筑成小观园，竹翠难补是墙残。
路人指点无所谓，碧落暗窥畏慈严。

朱陈村夏收图

老翁架下摘黄瓜，老媪柳荫剪纸花。
雏鸡老鹅戏争米，吓哭篮中胖娃娃。
布谷声催早归家，公挑婆推姑嫂拉。
举起酒杯饮不下，一阵凉风不思茶。
四邻争说年景好，池蛙也学人声杂。
邻家又添几样菜，新韭新蒜香椿芽。

赠项军医生

灭秦一炬阿房宫，鸿门气慨真性情。
垓下身裂封五侯，仁遗后代做郎中。

赠友人

落草在农家，开口话桑麻。
望尘五车书，嗜读博而杂。
立身与行事，徘徊俗和雅。
平生爱琢磨，往往出奇葩。
绿藤绕墙屋，竹梅伴酒茶。
晚岁忽来潮，诗情即勃发。
俚句堪打油，妙语灿若霞。
乐吟陌上草，远赋园中花。
入眼皆寄情，赏心亦自夸。
快哉古稀叟，日日趣无涯。

感时

青春难觅

双眼皮引来满脸纹，黄豆荚翻成樱桃唇。
摔破镜难寻桃花面，两酒窝变作喂猪盆。

暮年老人

每逢天阴腿抽筋，鼠饥啃床夜惊心。
背倚庭槐黄叶里，风如债主常敲门。

父母苦

胸前血汗滴黄土，背上儿女不知苦。
梁间乳燕唤母归，灯上捕蛾为育雏。

羞见初恋人

三月无处不春风，偶闻路上踏歌声。
遥望犹有当年影，羞见故人入花丛。

穷愁

借袭旧衫无斗熨，潘鬓怕见初恋人。
每近年关惊犬吠，犹恐催债又临门。

诗画的命运

一样诗句一样画，看看出自何人家。
蓬牖柴门皆蒿草，名人园内尽是花。

求人

人不求人一般高，若要求人须弯腰。
出门身穿破棉袄，准被人家宠狗咬。

絮

飘向林间竹著花，落在眉上春添愁。
万里不辞欲填海，一朝可白少年头。

刀客

白日买砥石，夜深砺小刀。
君前试雪刃，谁的个子高。

卖母鸡

东邻生孙吃喜面，
心忧家无两元钱。
狠心赶集卖母鸡，
哪管天天在下蛋。

赞雄鸡

头系胭脂冠，身着五彩衣。
纵横黄金距，一啼天下知。
有食唤弱小，时时护娇妻。
展翅似霞拳，常学凤凰飞。

苦吟

吟诗

诗成听来如说话，春深桃李秋后瓜。
吟安一字遂忘却，如同贼逃难捉拿。

写诗

路要平直诗要曲，欲穷千里登楼梯。
平直之处无深意，大俗大雅结夫妻。

自诗自识

孙儿穿上爷爷褂，遥看像似老骨架。
身上不系旧腰带，地头闾巷家常话。

题姜舟《雄鸡图》

低首敛翼尾下垂，这般模样是为谁。
战罢疆场三千士，琢磨再斗下一回。

咏唐诗

万千世事乱纷纷，唯有诗句味最真。
三岁小儿咏唐诗，而今已是白发人。

夜吟

院有深潭翁羡鱼，榭边高树鸟踏枝。
风送梅香到窗前，月下布衣正赋诗。

名人字画

名人字画不署名，观者赞声也稀松。
嘴说请人来指点，指指点点是实情。

书画展

书画展览皆大家，搜尽枯肠说捧话。
灶王上天言好事，流连点评是菩萨。

不堪回首

眼含秋水嫩月眉，口小樱桃点绛唇。
豆蔻年华不堪忆，如今满脸双眼皮。

自嘲

人言童颜面，
自知是酒红。
丹青绘角牴，
贻笑多牧童。

借债

鞋新袜破奔前村，偶闻犬吠暗惊魂。
垂柳依依莫拜我，我正出门去拜人。

古稀初度

年过七十称寿高，古稀之后度春宵。
人老犹如风中烛，阎王时时把手招。

人生

天无浮云是晴空，浓云忽来成奇峰。
足下崎岖百年路，少有坦途是人生。

坊间酒局

三杯下肚话滔滔，执令如山不相饶。
案上狼藉盘馔尽，不用唐诗作酒肴。

戒己警人

得理莫要放声高，蚁雀奔逃任奔逃。
若见恶人跌倒后，背后不要给一脚。

装门面

满屋书卷立如林，卷卷色黄面蒙尘。
锦衣玉食招客饮，多向人前诵诗文。

诗与酒

庭前千竿竹，架上万卷书。
有诗无居处，藏入小酒壶。

小园

晨带春荫进陋室，花香早报主人知。
笔下园幽写不尽，柳莺不啼啄梅枝。

改诗

作诗不难改诗难，一字安稳需十年。
孔门七十二贤士，几人存诗有一篇。

客至

布谷声里春归早，花落园废尽蓬蒿。
客来盘中无兼味，唐诗觅句作酒肴。

晨读

鸡啼金石声，声声敲警钟。
不要日高起，晨读伴晨星。

作诗

挠首拈须寻章句，赋成新诗弹无弦。
梦中偶遇杜工部，赐我妙笔五千言。

觅句

相遇竹阴赋诗话，闲看池鱼吞落花。
白鹅牵衣客人到，觅得新句慢煮茶。

题诗

李白裁诗天边马，杜甫苦吟根盘藤。
秋水长天共一色，藤能攀天马如龙。

扫桐叶

细扫桐叶为写诗，稚子老媪都不知。
若要被风再吹起，变作满天乌鸦飞。

青眼

一见荷动知鱼散，才识青眼值万钱。
山高林幽藏涧溪，诗好多在剑门关。

和朱夫子

古沛本是旧家园，汗水孤灯诗百篇。
古稀之后春宵日，又叹梨花增华巅。

故人

旧书故友两相亲，故交日疏翻书频。
明月窗前赋梅花，一字未稳思故人。

诗

来无身影去无踪，偶随蜂蝶舞春风。
昨晚曾在笔头宿，今晨开窗染花红。

书生

书生本色穷一经，夜深兀坐伴孤灯。
常捡片纸品滋味，胸存豪气啸一声。

写诗

诗人如同泥瓦匠，一砖一石垒危墙。
西厢壁干泼瓢水，东墙缝隙灌桶浆。
地基沟槽深深挖，土松要用大力夯。
柱正垂线一目立，户窗安牢规矩量。
移来泰山装盆景，推走乌云月生光。
雕梁画栋壁生辉，钩心斗角成庙堂。

写景

絮

身轻来自白云乡，情系父母性轻狂。
最怕云暗潇潇雨，飘入沟渠赴汪洋。
日暖高楼迷望眼，赤衫暗换缟衣裳。
老翁八十头更白，少年变成愁眉郎。
墙角聚团难解暖，曾随燕口辨雌黄。
华夏十万八千里，不舍昼夜事最忙。

蜂蝶做主

林中宿鸟报新晴，远挑溪水试春茗。
花香引来东邻媪，蜂蝶为主将客迎。

西湖柳

妆罢临镜试新衫，檐滴夜雨增春寒。
为怕黄莺偷望眼，岸柳含泪垂珠帘。

酒阑

客人微醺要逃席，壶空盘残卧东西。
金鸡黄犬心胆怕，乱声报于主人知。

秋

落叶片片西风里，长空行行雁南飞。
北窗吟诗常饮酒，东篱赏菊忘添衣。

弱水有声

牡丹花开出绿丛，
杨花随风上长空。
人观花开花无语，
浪花见人开有声。

山村学堂

潺潺山泉过前庄，朗朗书声出竹篁。
粉壁黛瓦傍枫树，经霜也学杏出墙。

晚晴

雨霁山溪增水声，孤峰出岫观晚晴。
风竹已知远来客，老翁面前乱鞠躬。

初春夜雨

雨霁犍牛浑身痒，知是侵晨要犁墒。
腊尽一夜春雨足，天公瞒人送秋粮。

初夏

谷雨时节春暮天，垂柳依依杨枝喧。
学舌黄鹂调百转，含血一声啼杜鹃。

初夏竹林逢朝雨

山岚低云迷春树，翠荷滚珠成画图。
细雨芒鞋无策杖，竹林曲径有孙扶。

观花

清晨满园春意浓，垂柳依依草青青。
蜂蝶不至花露重，花丛已立八十翁。

梧桐

生来身怀五音才，清明得雨花盛开。
一朝辞别丹山路，月夜随君上高台。

庭幽

亭绕四壁绿，
池静半天蓝。
鸟声人去后，
茶香花开前。

晚餐

横笛声微雁落滩，夕阳斜晖尽染山。
宿鸟引路牛归圈，疏篱柴扉漫炊烟。
竹篓鱼跃船近岸，灯笼烛红御身寒。
桌上人满酒未饮，还待香椿炒鸭蛋。

雾霾颂

雾霾生来讲公平，庶民王侯一般同。
出门没有阳关道，井上不见大窟窿。

燕

池边啄泥砌故垒，四野觅食前后归。
画栋雕梁任来去，孀居门前莫双飞。

枝头好鸟

孤灯如豆梦难成，漫听秋虫诉秋风。
明月疏影寒枝上，又闻夫妻问暖声。

空城计

每到途穷路有通，大巧若拙布空城。
诸葛一生唯谨慎，置之死地而后生。

雾霾（三首）

背心改口罩，你莫要发笑。
职务未提拔，位置向前靠。
经常雾霾天，此物难买到。
省事又省钱，不是瞎胡闹。

雾霾太可怕，空中鬼画画。
对面不见人，只能听说话。
婴儿戴口罩，憋得心肺炸。
肚饥想吃奶，没法呼爹妈。

草原遍黄沙，不见草发芽。
工厂冒黑烟，田间烧麦茬。
顽少比车阔，排量再加大。
漫天灰尘起，飞机落不下。
蜀犬无日吠，张口不见牙。
是谁惹的祸，互相打哈哈。

秋云

秋云满长天，如峰似桅杆。
任尔千万变，明月自团圆。

春宵

花露滴清响，池中蛙鼓敲。
谷雨月明夜，鸳鸯两颈交。
天籁声已绝，同叹参商遥。
蚯蚓音低吟，金贵是春宵。

怜幼

幽幽竹篁里，
老干扶新枝。
草丛见粒米，
慈母唤雏鸡。

柳

难作栋梁可系马，
暗放心花入碧云。
伽蓝殿上怒目样，
出自岸边波穿根。

忆

慎移菊残墙角存，
邀月畅饮有故人。
请君莫扫阶上苔，
留待落红忆芳春。

迎新年

普天同庆迎新春，小孩老翁都欢心。
穷人富人添一岁，阎王判官讲平均。

雪夜

吩咐儿女迟掩门，
风雪夜有远来人。
留有灯光照曲径，
黄犬不吠老乡亲。

秋声

秋风飘黄叶，
雁声入白云。
山中樵夫冷，
灯下线针频。

风

忽南忽北忽西东，来无行迹去无踪。
偶从闺房窗前过，掀起珠帘看偷情。

花

三月能使人面红，雪中见君忘却冬。
秋来叶黄它也黄，池塘粉腮立蜻蜓。

雪

普天盖地漫苍穹，增高危楼填平坑。
闹市顿消无陋巷，世界一时成大同。

月

常伴白云过长天，更深也窥玉人眠。
晴空三月初三夜，一钩如船可人怜。

九月初三夜

谁在西天张弯弓，一鹤冲霄似雕翎。
暮笛声里偷眼望，射落廖廓满天星。

棲鸟

仰望昏月枝头黄，低首霜白梅散香。
偶闻竹丛鸟窃语，料应夫妻问暖凉。

松风

雄鸡啼月夜未明，雪竹挂起红灯笼。
松高几许君莫问，但凭窗外听风声。

竹

老竹扶持新竹发，百竿穿云千枝斜。
旁出侧逸终须去，留下几株傍梅花。

竹丛槐瘿

来自仙境蓬莱山，到此竹林不知年。
临池心无羡鱼意，曾想斫取一钓杆。

园竹

解箨节带九秋霜，春雨催笋过东墙。
枝叶遮日消暑热，腹空不可做栋梁。

残菊

清明老妻理案几，且莫随手抛残枝。
留有余韵立墙角，好赋黄巢八月诗。

清明食香椿

枝头摘下紫云剑，釜中化作碧玉簪。
堪称入春第一味，食鲜能否忆椿萱。

池壁栽花

不是心里动奇思，近处细窥就可知。
池壁栽花全照水，一枝花开看两枝。

竹序

竹生有序结成篱，不教群鹅近浅池。
窥花乐得高声叫，惊散池中争食鱼。

听大风

苍竹丛中参天树，泗水亭南筑一亭。
荷尽菊黄潇潇夜，涕泪凭栏听大风。

巢中柳莺

嫩柳染透羽翼新，叶底垒巢育子孙。
夫妻巢中盼雏飞，哪有心情放好音。

笋

夜雨紧催节节高，出土身披紫罗袍。
耐他十日再相看，十丈龙孙入碧霄。

堕苔

向阳花是暴富人，雨打风吹也染尘。
花开终有花落日，落红堕苔又成春。

竹忆

参天翠竹浑不知，险在芽嫩出土时。
若不扫叶勤眷顾，而今桌上佐酒食。

择友

青竹三五竿，蜡梅独一棵。
选作寒夜友，宁少不宜多。

松竹兰梅

翠竹竟清瘦，蜡梅耐苦寒。
青松老苍劲，幽兰恨卷帘。

黄莺

风动叶窃语，云低柳含烟。
花开人不识，枝头莺能言。

水

胸有填壑志，时时赴不平。
无形亦无口，有碍即有声。

梅

雪飘花怒放，暗香沁心肝。
君至疏影下，且莫说牡丹。

飞絮

年年岁岁古到今，絮狂最怕月黄昏。
清明时节家家雨，谷雨过后连日阴。
梨花带露仰天笑，老竿得雨润子孙。
紫燕双双窃窃语，谁在绿深欲断魂。

傲霜菊

夜雨西风寒叶衰，岚侵残垣满是苔。
管他蜂蝶全不至，一角黄花独自开。

菊

词人骚客千古笔，姿色意态说到今。
可供梅花论风骨，写尽精神傲王孙。

牡丹

牡丹绽放浑不知，夜读临晓春眠迟。
雨急风摇透窗纸，鸡啼急报拆两枝。

邓尉梅香

暗香浮我到天宫，谏言说与王母听。
为要熏衣不吐烟，兰麝不如此花浓。

夏云

风起云不闲，长空乱叠山。
瞬间山变海，孤峰似桅杆。

红叶

霜叶饮酒落水中，一群红鱼齐欢迎。
九天仙女纷纷下，相邀同赴水晶宫。

雨竹

雨中翠竹如饮酒，千竿万枝垂下头。
风来雨歇暗滴泪，相互无言说新愁。

秋月

翠竹月夜莫自哀，影落霜地是银钗。
庭槐临风思往事，黄叶似泪落下来。

芒种月夜

剪短芭蕉入声遥，开窗明月悬天高。
前村布谷声声劝，莫贪收麦忘锄苗。

惜竹

昨夜雨足润花朝，日暖莺啼声声高。
劝君扑蝶慢趋步，当心足下笋尖娇。

竹语

汗青应谢扫叶女，不然几案作酒肴。
老翁削去侧逸枝，才有今日齐天高。

水仙蜡梅

虬枝红梅面敷霜，仙子绿装放花黄。
为迎腊尽春节到，窗里窗外齐散香。

云

闲云本不闲，时时造阴晴。
袖藏雷雨电，步急风伴行。
长空生苍狗，追兔遣饥鹰。
浮槎赴南海，张帆狂涛生。
天寒忧心重，春暖着纱轻。
身隐日月明，恼怒客心惊。
盛夏芒刺背，招人身影中。
寒冬变白雪，风缓步从容。
拂柳柔似水，叶落冷若冰。
日日心在变，处处身不同。
入谷漫山岚，依岩暗鹤声。
无人知家乡，祖居在长空。

状物

鼻

人中两窦黑森森，日夜吐纳为肺心。
警惕敌人来侵扰，内藏八百黑衣军。

棉花

春风春雨春花艳，花开花落无人怜。
世上自有温情种，为御寒风化作棉。

竹

雪中正是思春时，无言能移千斤石。
脱去萚衣青龙色，凌云时节钓鳌鱼。

竹子竹孙

你孙吃饭用我孙，我孙已是老龄人。
全家都是汗青才，说起后昆长精神。

菜名

新朋会旧友，丑妮回娘家。
李白充杜甫，好吃不用牙。

听言兴朋唱京剧

古寺病老僧，幽谷呻吟声。
深涧流清溪，新晴啼新莺。

佛手

春风卷帘翻书忙，阅尽秦汉读宋唐。
室有佛手暗熏月，不使红袖夜添香。

睫

上顶乌云不见天，下含秋水可人怜。
身微眼前多不见，风尘汗浸挡一边。

寒菊

东篱西窗荡清气，姚黄魏紫难入时。
犹恐蜂蝶采蜜去，花开夜涂带霜枝。

耳

莫谓我们没有功，两旁站立不居中。
一聪可闻天下事，又当摆设又挡风。

口

祸病出入是关津，软硬两位作内军。
人间如若我不在，哪有是非乱纷纷。

咏絮

莫谓日暖花开小，欲驭长风上云霄。
牡丹花落入沟渠，子孙繁衍遍海角。

雄鸡

家有一只鸡，常随燕雀飞。

东方欲破晓，它在天上啼。

如厕有感

小处不良，必须拜访。不分男女，有爹有娘。

官高位显，四海名扬。文武百官，娘娘皇上。

到此地来，有的慌张。田里干旱，这里水响。

进得门来，愁眉难堪。出了门去，心里舒畅。

满脸敷粉，到此不香。多有力出，不给报偿。

这里卫生，说来荒唐。说要洗手，等它半晌。

前人起名，大不规章。恭敬恭敬，合圆适方。

竹

天天向上朝天去，劝君莫斫侧逸枝。
腹空难作栋梁材，子孙好晾汗淋衣。

青蛙

舌长嘴阔大眼睛，一袭绿衫水中行。
偶在荷上学虎踞，欲说心事似鼓鸣。
少云少雨少言语，多子多孙多弟兄。
惊闻池边不平事，跳入水中去搬兵。

雏鹅

成双成对戏池塘，婚事说罢说家常。
只识眼前可怜样，不知日后是雌黄。

一片石

砥砺一片石，要在水上飞。
存世只一瞬，用尽浑身力。

夜读

更深落叶赋秋声，开卷已无虫蚊踪。
秋蛾生来不识字，为何扑打读书灯。

老马

枥下草丰齿渐迟，黄昏望中日已西。
每闻秋风思万里，月夜望天自试蹄。

孵雏

双翅密护怕透风，日夜不歇廿日功。
老公天天唱高调，母在巢边听新声。

母鸡

明明下蛋小，高声说个大。
本是寻常事，偏爱人前夸。

红金鱼

凤尾红掌大眼睛，水清潭静缓缓行。
虎踞青蛙瞪目看，赤鲤列队正练兵。

蛙

谷雨洗尘月色净，池鱼争食岸边花。
荷上雄踞堪入画，说豆数瓜话桑麻。

暮春

日暖春韭老，鸟啼幽梦深。
叶肥红花少，修竹多生孙。

思春

何株牡丹不想容，玉环飞燕嫁春风。
蓬牖补壁一帧画，村姑夜夜窥雀屏。

鹰

黄叶白草双眸明，秋高气爽凌长空。
杂花生树遮望眼，闲居虬枝听松声。

秋暮

高天归雁披晚霞，枯藤病树噪昏鸦。
岁岁年年秋风里，指指点点评菊花。

品茶

一夜春雨醒宿酒，三样新茗评短长。
量水先煮小龙团，分付荆钗莫焚香。

白杨

两行白杨黑森森，一线青天飘白云。
风来万叶齐拍手，搅得黄鹂无好音。
春深吐花迷人眼，初秋荫浓涤凡尘。
霜沉叶落掩凋草，黄昏黄叶满地金。

蝙蝠

蝙蝠夜深贴水飞，不是饥择池边鱼。
食尽蚊虫宵小辈，叫尔还再把人欺。

鹤

祖居白云乡，绿洲任徜徉。
卓然立尘外，誓不食皇粮。

笼鸡

终日食稻米，腹内不识饥。
三更高声唱，金距五彩衣。
常见众姐妹，难伴结发妻。
不得出樊篱，有翅难展飞。

布谷鸟

夜雨初歇月当空，村边传来布谷声。
田中夏麦刚收净，呼我趁墒要深耕。

梦

六十年来梦一场，内中甘苦味尽尝。
夜过子时三更半，鸡啼何惧恶犬伤。

彭城

万座高楼与天齐，羞得群山头也低。
自古逐鹿争战地，楚汉刀枪化为犁。

慈母

七十八十小儿子，一百多岁老夫人。
细看书报知大事，眼花手颤难行针。
晨昏常有乳子伴，饭后还念最小孙。
庭树兰桂年年发，春风化雨慈母心。

慈母

慈母早知秋风寒，灯下破袄添新棉。
窗外蛩吟管闲事，不歇泣诉十月天。

莴苣干

饱浴艳阳沐春风，体似青龙碧若葱。
釜煮笼蒸千百遍，入口还响金石声。

兰麝

兰麝自有香，不须借风扬。
垂帘半掩户，清芬透衣裳。

虱

此物世上已绝迹，古稀老人受过欺。
今日谈来是说古，后来年少多不识。
曾是王胡口中味，寄宿多在穷人衣。
攀上龙案阅圣旨，也给宰相捋过须。

蟋蟀挑逗草

嫩竹细破刮得均，日晒水煮到秋深。
斗士多蘸蝇头血，定能成为大将军。

蝉

身微非凡虫，一怒冲天鸣。
柳黄秋叶老，抱枝放高声。

红叶

空有见底池水清，红鱼丹叶难分明。
临池不投一捧米，辜负群鱼齐相迎。

天鹅

天上落下片片云，湖边展翅舒洁身。
嬉戏沐浴细梳理，唯恐沾染半点尘。

春晨

白石栏杆抱小亭，壁生青藤十丈青。
无声润花雨有意，放胆梳柳风弄情。

顽石

窗前灯下白玉盘，兀立一石不知年。
漏透皱瘦呈百态，犹胜眼前来朱颜。

牙签

妻老面黑似膏药，贴身舒筋又活腰。
牙签纤细娇小样，入唇片刻却被抛。

失约

云暗相约画亭西，鸳鸯已眠蝙蝠飞。
夜半已至更鸡问，衣单可怕清露滴。

晚秋

疏林归暮鸦，红叶似流霞。
月下当把酒，不负东篱花。

柳莺

巧言细声啼，柳绿染羽衣。
不宿梧桐树，也学凤凰飞。

暮春

残星落鸡口，嫩月挂枝头。
天风吹花雨，人恨春难留。

瓶花

采撷插瓶中，不须光和风。
只用给点水，可向人前红。

禅思

朝朝风尘里，难偷半日闲。
游遍青城山，胸中思终南。

棉花

残红送春夕阳残，宿雨飘月晓风寒。
絮飞满天迷望眼，暖人心花秋后棉。

菜花

暮雨入夜遍天涯，绿了芭蕉绿桑麻。
子规东郭声声唤，黄金满地尽开花。

山泉

藏在深山好放声，邀来松风日夜鸣。
流到前村张家湾，也学贵妃缓缓行。

重九

秋风送爽夕阳中，吹绽黄花竹篱东。
昏鸦归林争踏枝，白鸥觅食立沙汀。
幸有闲云送远客，酒醒自归邻家翁。
棋局巧设无人解，红叶堕杯作茶茗。

棋局

个个眼睁如斗鸡，围观不怕汗湿衣。
枰上棋局无人解，老翁不语自家知。

春思

春日盛装莫登楼，为怕心伤望并州。
二月柳叶可裁匀，并州剪刀不剪愁。

重九记忆

昨日夕阳里，登高临秋风。
放眼百草凋，仰望雁排空。
红叶渐离枝，黄花呈新容。
舟靠鸥盟岸，虾蟹酬宾朋。
孙女捧酒坛，老妻赴鸡笼。
鹅鸣知客至，犬迎邻家翁。

蝙蝠

不向日光争天地，多在檐下梁间栖。
窃窃私语常发誓，专检蚊蝇充腹饥。
耄耋老人庆寿诞，赴宴身穿灰布衣。
食毒遗矢五灵脂，可将病夫沉疴医。

日月同圆一时见

日月天天见，循环行长天。
时时有圆缺，偶尔一同圆。
商贾数金钱，脚夫担在肩。
仕子考试卷，难见此壮观。

蜘蛛（二首）

蜘蛛不知足，结网罗鹧鸪。
鹧鸪冲天去，笑汝丝不粗。

蛛网尘封屋，车水马龙路。
结网不用梭，可把春留住。

暮春

嫩柳临风漫自狂，人前乱摆新衣裳。
黄莺留春深有意，衔片落花添红装。

愁

瘦鸥伴鹤立，老鸦栖枯桐。
夜深难入梦，蕉叶数雨声。

残春

翩翩蝴蝶癫狂蜂，日暖不肯过墙东。
昨夜风急带骤雨，犹恋落花遍地红。

孤独夜

孤雁南飞忘计程，偶闻洞箫落寒汀。
天上明月清辉满，心头人远不掌灯。

春雨

雨霁犍牛浑身痒，知是清晨要犁墒。
腊尽一夜春雨足，天公瞒人送秋粮。

纸鸢

叶落草白穷望眼，翼下风生阅百川。
难踏虬枝风雨夜，日出畅游朝云间。
谁学雄姿展翅舞，遍体尽着绫罗衫。
莫向人前夸颜色，高入云端有线牵。

青蛙

暮春蝌蚪深秋蛙，牡丹落尽赏菊花。
风急雨骤蝉无语，夜塘水静话桑麻。

蜂

四月缤纷恰落英，絮飞花残各西东。
唯有蜂蝶知人意，耳边添香细语声。

柳

含蕾藏蕊看不见，一朝花开迷望眼。
生来不是无情物，要将子孙送上天。

争斗

双雀扑地为堕果，羽飞翎折争斗恶。
绿鸭嘎嘎难劝解，公鸡气得冠冒火。

扇

烈日炎炎盼凉风，展开收拢大不同。
平生未到杭州去，西湖十景在囊中。

丹青

笔下云烟墨太多，天外仙鹤难落脚。
闲时画些峥嵘石，冬日好伴梅傲雪。

落叶

西风吹落满院金，阶前窗下叠寸深。
持帚轻扫土中葬，为谢三夏滋绿荫。

莺巢

花香满园莺先知，常衔落红妆翠衣。
偶见梁上燕筑巢，忙寻绿深觅高枝。

枫叶

雁过洞庭万山秋，松柏欣喜枫叶愁。
霜夜临风独自酒，箕踞仰面不知羞。

蚊

哼哼似琴音，三五列阵云。
叮肉又吸血，千年人共愤。
常居臭沟渠，庙堂偶存身。
天生宵小辈，偏偏多子孙。

燕

杨柳春风荡烟霞，年年南园赏新花。
老屋拆尽入高楼，明年难觅旧时家。

镜

谁看谁现形，观天知阴晴。
你怒它亦怒，美丑不出声。

中秋月

谁家白玉盘，秋夜挂长天。
盘中无一物，万人争相看。
家有万古月，今夜细赏玩。
邀月弄清影，唯恐明夜残。

跋·“天生我材必有用”

我和本诗集作者韩方超既是老乡、世交、亲戚、朋友、又是同龄人，已经相识60来年，经过了一个漫长的甲子。

说起来话长，我的外祖父姓韩。一笔写不出两个“韩”字，同宗同族，我外祖父属近支长辈。他们虽然分家另过，没在一个锅里抹勺子，但关系甚为密切。在我的记忆里，外祖父豹头环眼，虎背熊腰，满脸络腮胡子。他精神矍铄，性情豪爽，快意恩仇，喜欢热闹，不擅营生，农活不紧的时候，就从老家马崮村跑到几里外的敬安镇，住进韩方超家，往往一住就是几天。方超家除了种地，还开着一座油坊，家境比较殷实。方超的祖父、父亲都是那种慷慨仗义喜欢交接朋友的人，更欢迎同族近支的长辈。他们脾气相投，在一起喝酒、品茶、打牌、摆龙门阵，好不快活。据说当时我的大姨初嫁，因忍受不了丈夫全家的虐待，含愤自缢身亡。我的外祖父得知后，身藏铁杵，闯进亲家，大闹一场，为女儿报仇，结果惹下官司，锒铛入狱。方超的祖父和父亲疏财纾难，好不容易才把人捞出。

转眼到了20世纪50年代末，我从本村小学考进由敬安小学戴帽而成的敬安初中；60年代初我又从敬安初中升入由初中戴帽而成的敬安高中，并由敬安高中考进北京大学。凭着敬安小镇多样多元的生存环境和浓厚的商业氛围，承袭着祖辈父辈的基因和遗传，韩方超下海经商、兴办实业，一时间风生水起，初具规模，渐成气候。

作为见证人和旁观者，我为他的发迹和事业兴旺而高兴，同时提醒他不要耽于物质，建议他最好能在家乡文化方面有所建树。于是在我的等候和期待中，他郑重捧出《方超诗选》。诗如美酒，令人陶醉。诗是精灵，让人依恋。古往今来，有多少人爱诗、读诗、写诗，在诗歌的海洋中尽情地挥洒才华，自由地吟咏性情。《诗》三百，离不开风、雅、颂和赋、比、兴。屈原的《离骚》直抒胸臆，长歌当哭。刘邦的《大风歌》尽展一代帝王的雄风，项羽的《垓下歌》则唱出英雄末路的无奈和凄凉。达官贵人“不学诗无以言”（《论语》），视诗为晋身阶梯。豪族富家、书香门第，则以诗润室润身，以示高雅。更不用说历代的墨客骚人，用诗描摹世态民风，体察物理人情，留下浩若烟海的锦什华章。

然而，韩方超能在短短的几年内写出千余首诗歌来，仍令我感到吃惊。他也似乎感觉出我内心的怀疑，诡秘地笑道：“怎么？你以为这不是真的？”他见我连连摇头否认，说道：“其实，是你逼出来的。前些年，你每逢见面就催我搞什么文化。你该记得吧？一次在电话里我向你透露，说我准备写点诗。你听了笑道：写诗？！你能写出来什么？！”我脑海里忽然闪过这一幕，不错！在电话里我是这样说的，音犹在耳。没想到我不经意间的调侃和玩笑既刺疼了他的自尊心，又为他提供了写诗的催化剂。正如他在《呈周公》一诗中所表白的那样：”去年金秋索墨笺，今日长安呈尊前。无畏身是庄嫁汉，敢在灯下读《周南》。”

先前我不了解，后来我才知道，韩方超对诗歌早就情有独钟，上小学时就喜欢读诗、背诗，对古代“诗仙”（李白）、“诗圣”（杜甫）、“诗佛”（王维）、“诗鬼”（李贺）等，并不陌生。对现当代闻一多、郭沫若、臧克家、李季、艾青、田间等，也有所了解。“天生我材必有用”，“我辈岂是蓬蒿人？！”他不仅是一名诗歌爱好者、崇拜者，还立志要做一名诗歌创作者、后继者。为此，他在谋求生计之暇，专注读书、四处游历，博观约取，厚积薄发。韩方超的诗选包括咏史咏物、田园家舍、亲情友情、人生况味、掠影画面、瞬间视点、美刺月旦、幽默调侃等，内容丰富，色彩斑斓。别看他没有多高的学历，没受过系统的训练，但他从小喜欢读书，诗词歌赋、稗乘杂说，广有涉猎，虽说不够系统，却因他记忆力好，擅摆龙门阵，使书本知识变成活的口述资料，践行前贤“读万卷书，行万里路”的古训。“腹有诗书气自华”，“立身与行事，徘徊俗和雅。平生爱琢磨，往往出奇葩”。他的诗作有着浓浓的儒家气息和鲜明的士人色彩，“风声、雨声、读书声，声声入耳；国事、家事、天下事，事事关心”，运用纪实、叙事、状物、赋形、抒情、写意、白描、象征、譬喻等诸多手法，咏史见知识，抒情显襟怀，“胸中悲愤熔块垒，浩然正气当凌云”，感叹历史的磨难，庆幸古老民族的觉醒，记录改革开放30多年来的天翻地覆、瞬息万变。有的诗则以哲理、智慧、机趣、洞见取胜，宣叙咏叹的字里行间不仅有作者的心声，也有时代的回响，呈现出诗人的理性良知和丰富的情感世界。

韩方超是个地道的农民，从来也没离开过家乡和土地。他春播、夏锄、秋收、冬藏；他观鱼、梦蝶、放马、寻鹤。既饱尝稼穑之苦，又陶醉于耕读之乐，享受丰收的喜悦。于是“暗吐心花风吹絮，一条柳丝一首诗”，几年来纵酒放歌、步韵唱和、推敲苦吟，近千首诗从他心中流出。他诗中的家乡田园、韩家小院，邻里乡亲、各色人等，四时美景、二十四节令，松竹兰梅、花鸟虫鱼，鸡鸭鹅豚、果蔬菜荠，枝头好鸟、池里鸳鸯，紫燕呢喃、黄莺啁啾，蛙鼓蝉鸣、美不胜收。“布谷声中春色老，食足残叶要吐丝。秋叶临风片片黄，半怨夕阳半怨霜”四句诗描画出苏北农村的春光秋色，散发出泥土气息的芬芳和人间烟火的温馨，展现出饱含生机活力的动态之美和朴实真挚的自然之美，富有哲理，很有特色。“红鱼夺食深水去，紫燕衔泥冲天飞。山雀求偶亮新翅，柳莺缘深诉相思”，运用拟人化手法写出鸟儿的情趣，没有对生活的热爱，没有仔细的观察和反复的推敲是断难写出这样的诗句的。

苏霍姆林斯基曾经说过，每一个儿童就其天资来说，都是天生的诗人。因此，优秀的诗人都具有赤子情怀，优秀的诗作都是真情的流露和心声的表达。韩方超心旌中蕴藏着浓浓的亲情和款款的友情。他心怀敬畏地在诗中缅怀先辈达人，记录时贤朋友的踪迹。随着年龄的增长，人生阅历的积累，对爱情的理解也日渐加深，在桑榆晚景中体味到爱情的真谛。他不无风趣地把几十年来相濡以沫的老妻戏称作“褪毛的老鸳鸯”，夸她如何任劳任怨、勤俭持家，如何宽人责己，邻里和谐；如何对丈夫体贴入微：“足裂热水烫烫足，腰疼口哈贴膏药，夜深常给撴被窝……”幸福之情溢于言表。行文至此，忽然笔锋一转，抖开包袱，用“就是不说她爱我！”这句普通的大实话作结，实话实说，口角如画，朴素自然，白描手法运用得相当纯熟老到，言语浅近而旨意丰富，实在是妙不可言！

回首几年来，韩方超孜孜矻矻、兢兢业业地沉醉在他的诗篇中以至于废寝忘食，其专心致志、毫无功利的创作态度令人感佩。千余首诗词中，不乏意境、佳句、诗眼、亮点，读罢尚觉口有余香，值得玩味。然而尽人皆知：写诗难，写古体诗更难，如同戴着镣铐跳舞。常言道：“功夫在诗外。”方超也曾不止一次地感叹：“一句需要十年功”，“一字安稳须十年”。标明他对自己的诗作有着清醒的认识。平心而论，方超的诗作中以出语俚俗、小巧有趣的打油诗居多。这些诗通俗易懂，诙谐幽默，暗含讥讽，风趣逗人。但诗体偏于单一，还不太讲究对仗平仄等纯正的韵律感和精审的规范性，个别的诗略显直白，含蓄不足。有的诗乃苦吟之作，失之生涩不够灵动。相信经过拓展、推敲和锤炼，他的诗作将登堂入室，臻于妙境。

周传家

2017年入伏日

★周传家先生，北京大学中文系毕业，中国首批文学博士、专家、教授，北京文史馆馆员，享受国务院特殊津贴。

作者后记

东隅已逝，桑榆晚矣，天上月有盈虚圆缺，地上人尝甜酸甘苦，一生经历坎坷，今已年过古稀，心生“风中黄叶树，灯下白头人”之慨。为消磨百无聊赖的暮年，我常向浩熙兄求文问字，以作消遣。不意间也胡诌几句野老村语，在大雅面前强充斯文，似有“老夫聊发少年狂”之态，以供喷饭。他看后有褒有贬，有鞭策有激励，我乘势请他切削，他便颇费匠心，不吝斧钺，逐字逐句删改。至今，我这个布衣荆钗的“刘姥姥”略施粉黛，簪上野花，才敢在大观园里不知羞涩地面人。我深深感谢这位化妆师。

我所写的大都是亲历亲闻的邻家村巷琐事，用摄影形式、素描写生笔法记下了不成体、不入流的所谓“诗”，如《除夕》：“为听老娘叨唠声，风雪除夕回家中，父亲酒桌说句话，多住一天再回城”。《农家小院》：“叩门莫要高声语，入院虎步请慢趋；此处未布地雷阵，当心足下鸡鸭屎”。再如《借债》等，以供世人玩味。

有人建议要我把一些所写的有些句意做些注释，我经再三考虑，以不注为好，一是小窥了读者的理解能力，二是因有些情境写的是真人真事，如果说明，会引起不少麻烦，使人多费心揣摩，过加解读，鉴于此，作罢为好。

在这个集子付梓之时，承蒙刘国辉、周传家两先生百忙中作序、题跋，他们以虎豹之纹绘犬羊之质，我由衷倍觉汗颜，并深表谢忱。

作者于 2017 年 8 月

★朱浩熙先生——毕业于北京大学中文系，中国作家协会会员。